POURQUOI JE DOIS...

AIDER

GAMMA Jeunesse ÉCOLE ACTIVE

POURQUOI JE DOIS...

- Économiser l'eau
- Économiser l'énergie
- Recycler les déchets
- Protéger la nature
- Aider
- Partager
- Écouter
- Manger équilibré

Traduit par Jacques Canezza.

Titre original : Why should I help ?

Dépôt légal : septembre 2003.
Bibliothèque nationale.
ISBN 2-7130-1994-X

Directeur de collection :
Paul Andréa Lémani

Exclusivité au Canada :
Édition École Active
2244, rue de Rouen, Montréal,
Qué.H2K 1L5.
Dépôts légaux : septembre 2003.
Bibliothèque nationale du Québec,
Bibliothèque nationale du Canada.
ISBN 2-89069-743-6

Loi n° 49-956 du 16 juillet 1949
sur les publications destinées à la jeunesse.

Imprimé en Chine.

POURQUOI JE DOIS...

AIDER

Écrit par Claire Llewellyn
et illustré par Mike Gordon

GAMMA Jeunesse ÉCOLE ACTIVE

Tous les matins, à la maison,
il y a beaucoup de travail.

Faire les lits…

donner à manger
aux animaux…

et débarrasser
la table du petit
déjeuner.

Et le soir, il y a encore d'autres choses à faire.

Mettre le couvert...

faire la vaisselle...

et aider à préparer
le bain de Nicolas.

Parfois, je n'ai pas envie d'aider.
Je préfère faire autre chose.
Finir un dessin…

regarder la télé...

jouer avec
le chat...
Ramasse tes affaires
s'il te plaît, Zoé.

ou bavarder avec mon ami Romain.
Zoé, peux-tu m'aider à plier ce drap ?

Pourquoi est-ce que je devrais aider les autres ? Personne ne m'aide jamais !

Papa m'a dit : « Tout le monde a besoin d'aide un jour ou l'autre. Tu te souviens de ce qui s'est passé quand tu es tombée de ton vélo ? »

« Un gentil garçon
t'a aidée à revenir
à la maison. »

« Et que s'est-il passé quand tu as oublié ton costume pour la fête de Noël ? »

« Maman est retournée le chercher à la maison. »

« Et tu te souviens
de ce qui s'est passé le jour
où tu as perdu Roméo ? »

« Romain, papy, mamie
et moi l'avons cherché
tout l'après-midi. »

C'était vrai.
J'ai quelquefois eu besoin d'aide.
Et je suppose que les autres
en ont besoin aussi.

Quand ils sont occupés…

ou fatigués...

ou un peu lents.

Tous les jours, les gens s'entraident.

Alors, moi aussi, je vais aider les autres.
C'est agréable et je me sens adulte.

Et parfois, j'ai une petite récompense.
Quand je suis allée faire des courses
pour ma mamie,

elle a eu le temps
de faire des crêpes.

Et quand j’ai nourri le poisson
de Romain...

il m'a rapporté un cadeau
de son voyage.

De nombreuses personnes
ont besoin d'aide.
Pense à les aider.

Qui sait ?
Tu pourrais
toi aussi
avoir besoin d'aide !

Notes pour les parents et les éducateurs

Pourquoi je dois... Aider se veut un livre agréable, consacré à l'importance d'aider les autres. Il présente aux enfants cette valeur dans des situations variées – à la maison, à l'école, dans le voisinage. Aider permet aux enfants de devenir des membres actifs de leur communauté. Les communautés sont créées par des personnes qui s'entraident et contribuent à la vie commune. Prendre une part active dans la vie de la famille prépare les enfants à devenir des membres actifs de la société. L'entraide est une manière de créer et d'entretenir des relations. Il est important que les enfants comprennent que les membres d'une famille sont solidaires. Aider à mettre la table, jouer avec le bébé ou nourrir le lapin sont des manières de reconnaître la nature de la vie familiale basée sur les échanges.

Aider à la maison et à l'école est une façon pour l'enfant de commencer à prendre des responsabilités. Accrocher ses vêtements et nettoyer la classe sont des signes que l'enfant devient indépendant et responsable. Savoir reconnaître que les autres ont besoin d'aide est une étape importante dans la connaissance des autres. Les enfants doivent prendre conscience des besoins des autres, quel que soit leur âge. Il est bien sûr indispensable que les enfants soient remerciés pour leur aide. Des retours positifs leur permettent d'avoir une image positive d'eux-mêmes et renforcent l'estime qu'ils se portent.

Suggestions de lecture avec les enfants

En lisant ce livre avec des enfants, arrêtez-vous de temps à autre pour aborder les problèmes évoqués dans le texte. Doivent-ils accomplir certaines tâches à la maison ? Qu'en pensent-ils ? Quelles tâches leurs parents accomplissent-ils ? Y prennent-ils du plaisir ? Y a-t-il des tâches qu'ils détestent ?

Regardez dans le texte les situations dans lesquelles Zoé a besoin d'aide. Ont-ils déjà vécu des situations semblables ? Quelqu'un les a-t-il alors aidés ?

Il y a un policier dans ce livre. Les policiers sont quelques-unes des personnes en uniforme qui sont là pour nous aider. En connaissent-ils d'autres ? Pourquoi l'uniforme est-il si utile ? Peuvent-ils imaginer une situation dans laquelle ils auraient besoin d'aide ?

Suggestions d'activités

Organisez un travail de groupe tel que la construction d'une maquette qui exigera une entraide. Demandez aux enfants de dresser une liste de choses qu'ils peuvent faire seuls et une liste de choses pour lesquelles ils ont besoin d'aide. Pourquoi ont-ils besoin d'aide dans certains cas et pas dans d'autres ?

Demandez-leur d'écrire une liste d'expressions concernant l'aide.
Que signifient les expressions suivantes :

Aide-toi, le ciel t'aidera.
Un peu d'aide fait grand bien.
Mettre la main à la pâte.
Donner un coup de main.

Glossaire

récompense : ce que l'on reçoit quand on a bien fait quelque chose.

s'entraider : s'aider les uns les autres.